SOMMAIRE

Akeno Kitahata

J'ai du mal avec les autres.
TCHAC
BONNE SOIRÉE...
MURMURE
BONNE SOIRÉE !
BONNE SOIRÉE !
TU SAIS, DIMANCHE...
CRIIIC...
IL PARAÎT QUE FUKUDA-SAN NE POURRA PAS VENIR.
Ah !
DIS-MOI,
YAMATO-KUN,
TU NE CONNAÎTRAIS PAS QUELQU'UN POUR LE REMPLACER ?

QUOI ?
Pourquoi cela ?
Parce qu'à cause d'un mystère de la génétique,
mon apparence attire l'attention de tout le monde.
......
JANK堂
EUH...
QU'EST-CE QU'IL Y A...?
BLING
BLING
KYAAAH !
STAFF ONLY
パ
TCHAC
シャ
09-06-2016
À ton avis, je suis où ?
ENVOI...
TILILING !

BONJOUR…
Et puis…
Il y a une autre raison.
Première bouchée
Nikushoku danshi to Soshoku danshi

OUAH...
C'EST LA PREMIÈRE FOIS QUE JE TE VOIS SANS TES LUNETTES !
HIII !
OUAH...
ON DIRAIT UN PRINCE !!
WHAM !
FLOUP
CLAC !
BON, BEN, JE VOUS LAISSE !
CLAC
AH !
AT-TENDS...
J'AI PAS BIEN COMPRIS CE QUI S'EST PASSÉ, MAIS...
C'ÉTAIT MOINS UNE...
HAA
Réaction instinctive.
Brrrrr Brrrrr
WHAMP
Softbank 4G
Réception
Expéditeur : Jôji
09-06-2016

Je crois que j'en ai une petite idée !!
HAA
TAP !
BON SANG...
CHER CLIENT,
IL EST INTERDIT DE LIRE DEBOUT.
FLOUP

AH…
YAMATO…
«LA CUISINE POUR LES HOMMES…»
Tu vas l'acheter ?
TU M'AS CHERCHÉ LONGTEMPS ?
Nan, je veux pas l'acheter.
PAS DU TOUT.
FLAP
FLAP
COMMENT T'AS FAIT ?
POUR QUOI ?
POUR ME RETROUVER. J'AURAIS PU ÊTRE AU RAYON SPORT…
PAS DRÔLE…
AH…
a cuisine pour les hommes
Kuriyama Yoshihira

HIER SOIR,
TU DISAIS QUE TU VOULAIS APPRENDRE DE NOUVELLES RECETTES,
JE T'AI ENTENDU.
J'AI DIT ÇA, MOI ?
QUAND ÇA ?
OUI.
QUAND TU PRÉPARAIS À MANGER.
Tu te parles souvent à toi-même...
MES PENSÉES S'ENFUIENT TOUTES SEULES...
ÇA PROUVE QUE J'EN AI DANS LA CABOCHE !
ARRÊTE LES RACCOURCIS FACILES...
ET ARRÊTE DE VENIR ME VOIR AU TRAVAIL.
À DEMAIN...
COURBETTE
T'es pas sympa, Yamato !
Bonne soirée !
POURQUOI TU PARLES TOUJOURS À MI-VOIX ?
HEIN ?
ALLEZ, METS-Y UN PEU PLUS DE CŒUR !
PAF
EH !
AR-RÊTE !!
ON N'EST PAS AU KARAOKÉ !!

AH...
Par...
don...
AH...
JE TE DÉTESTE...
PFF...
DÉSOLÉ !
Ce garçon sans aucun tact est une autre des raisons pour lesquelles je n'aime pas les gens.

C'EST MALIN...
JE VAIS AVOIR HONTE D'Y RETOURNER, MAINTENANT.
ALLEZ, TOUT LE MONDE S'EN FICHE...
TU DEVRAIS ARRÊTER D'Y PRÊTER TELLEMENT ATTENTION, YAMATO-CHAN.
SI ÇA SE TROUVE, LES GENS VONT DÉCOUVRIR LA VÉRITÉ.
Et arrête de m'appeler comme ça.
À PROPOS DE QUOI ?
DE MOI ?
C'EST CHIANT.
PERSONNE !
GRIP !
QUI D'AUTRE ?

......
QU'EST-CE QUE ÇA PEUT FAIRE, DE TOUTE FAÇON ?
IL SUFFIT DE RÉPONDRE FRANCHEMENT S'ILS POSENT LA QUESTION.
......
ET LEUR DIRE QU'ON EST DE SIMPLES COLOCATAIRES ?
VOILÀ,
C'EST ÇA.

JUSTE COLOCATAIRES !
Eh oui, c'est moi, Jôji-sama...
le colocataire de l'adorable Yamato !
Je lui prépare ses repas et je lui lave ses caleçons !
ATTENDS !
JÔJI !
JE TE SIGNALE QUE LA LESSIVE, ON LA FAIT TOUR À TOUR !
Oui...
Autrement dit, Yamato-kun s'occupe également de mes caleçons à moi...
Hu hu...
C'EST CRADE !!

T'ES PAS OBLIGÉ DE DIRE ÇA COMME ÇA...
EH OH !!!
TCHAC
ME PIQUE PAS MA BOUFFE !
DE TOUTE FAÇON, ÇA VA RESTER.
T'aimes pas les carottes.
Humpf...
TCHAC
AH...
MIAM
MIAM
PRENDS PAS CET AIR RÉJOUI POUR UN BROCOLI...
MANGE TA VIANDE, PLUTÔT !
TA VIANDE !
J'EN VEUX PAS.
Tan tan zatchatcha...

Oh !
AU FAIT,
QUELQU'UN QUE JE CONNAIS VA PEUT-ÊTRE VENIR.
QUELQU'UN QUE JE CONNAIS VA PEUT-ÊTRE VENIR.
JE LUI AI DIT QUE J'ALLAIS VOIR UN MATCH DE FOOT À EBISU.
TU NE ME L'AVAIS PAS DIT...
J'AVAIS OUBLIÉ !
Sorry.
......
MAIS C'EST PAS LA PEINE D'ÊTRE AUSSI TIMIDE, TU SAIS.
C'EST UN MEC ?
NON, UNE FILLE.
......
SOIS
PAS
TIMIDE !

POURQUOI TU METTRAIS PAS À FACEBOOK OU WHATSSAP, TOI AUSSI ?
FAUT QUE T'APPRENNES À COMMUNI-QUER.
C'EST UNE PERTE DE TEMPS...
Tam tam zatchatcha ! ♪
BIP
ELLE DIT QU'ELLE ARRIVE.
AU FAIT, YAMATO, J'AI JAMAIS ENTENDU TON PORTABLE SONNER...
HA HA HA...
VRAI-MENT...?
Brrrr....
AH, IL EST SUR VIBREUR...
Jôji
Sans sujet
Fichier joint : IMG_05
Jôji
À ton avis, je s
.....

C'EST QUOI, ÇA ?
QUELLE DRÔLE DE PHOTO !

ENLÈVE ÇA.
RENDS-LES MOI !
NOPE
DIRE QUE JE ME DISAIS QUE TU ALLAIS ENFIN ABANDONNER TES LUNETTES QUAND ON EST ENTRÉS À LA FAC...
COMMENT T'ARRIVES À VOIR QUELQUE CHOSE AVEC ÇA ?
.....
J'AI BESOIN D'UN FILTRE ENTRE MOI ET LE MONDE.

GLING...
Bienvenue !
......
UN FILTRE ?
Qu'est-ce que c'est que cette histoire...
C'EST DE TA FAUTE...
Chuchote
DRINK
HEIN ?
HEY !
JÔJI !
SALUT,
T'AS FAIT VITE.
T'as mis des lunettes ?
J'ÉTAIS DANS LE COIN.

TIENS ?
T'AS RAMENÉ QUELQU'UN ? IL EST MIGNON...
C'EST UN AMI ?
U... UNE ÉTRANGÈRE ?!
Mince, les lunettes...
... C'EST MON COLOC.
VLOUP
AH...
J'ADORE LA COULEUR DE TES YEUX !!
Recule...
IL S'APPELLE YAMATO...
IL EST MÉTIS.
YAMATO-KUN ?
MOI, C'EST MANAKA !
AH...
TES CHEVEUX AUSSI SONT D'UNE TRÈS BELLE COULEUR !
TU ES DE QUELLE ORIGINE ?
HEIN ?
EUH ...
SON PÈRE EST ÉCOSSAIS,
MAIS IL EST QUAND MÊME NUL EN ANGLAIS.

EH OH !
POURQUOI C'EST TOI QUI RÉPONDS À SA PLACE, JÔJI ?
MOI, C'EST AVEC YAMATO-KUN QUE JE VEUX PARLER !
SOS
IL EST TIMIDE AVEC LES INCONNUS.
SI TU LE POUSSES TROP, IL VA FINIR PAR S'ENFUIR... TU ES SÛRE QUE C'EST CE QUE TU VEUX ?
Smile...
Hum...
EST-CE QUE JE PEUX QUAND MÊME TE POSER UNE QUESTION ?
TU AS UNE PETITE COPINE ?
NON...
SUPER !!

FAUDRAIT BIENTÔT Y ALLER.
Tiens, tes lunettes... Cache ta beauté.
SANTÉ !
VIVEMENT QUE J'AIE L'ÂGE DE BOIRE DE LA BIÈRE !
MOI, JE VEUX BOIRE DE LA BRUNE...
MOI, JE VEUX GOÛTER AU CIDRE !
QUITTE À FAIRE SEMBLANT D'ÊTRE COOL, DIS QUE TU VEUX BOIRE DU WHISKY !
JE FAIS PAS SEMBLANT...

C'EST ÇA, ET TU VEUX QUE JE TE CROIE QUAND TU FAIS CETTE TÊTE-LÀ ?
Slurp...
ARRÊTE DE ME JUGER SUR MON APPARENCE...
DE TOUTE FAÇON, JE SAIS QU'AU FOND, T'ES UN OTAKU.
.....
TU VEUX JOUER À ÇA ?
HÉ, VOUS DITES QUE VOUS ÊTES COLOCS...
MAIS VOUS ÉTIEZ AMIS AVANT, NON ?
VOUS AVEZ LE MÊME ÂGE, EN PLUS...
VOUS ÉTIEZ ENSEMBLE À L'ÉCOLE ?
JE NE T'AI JAMAIS VU DANS NOTRE UNIVERSITÉ, YAMATO-KUN...

À TON AVIS ?
HUM...
VOUS ÊTES AMIS D'ENFANCE ?
SECRET !
BWA HAHA !
......
QUOI ?! PFF PAS JUSTE !!
DÉSOLÉE POUR L'ATTENTE.
AH,
VOILÀ LES POTATOES.

.....
Miam..
TOUT CHAUD
C'EST CHAUD, ALORS SOUFFLE BIEN DESSUS AVANT DE MANGER !
TU TE PRENDS POUR MA MÈRE ?!
JE CROIS QUE J'AI COMPRIS...
OOOH !
YEAAH !
ARRÊTEZ DE VOUS DISPUTER POUR DE LA BOUFFE,
LE MATCH COMMENCE.
YEAAAH !
CHELSE
VS
NDERL
ALORS, MANAKA,
T'AIMES BIEN LE CHAMPIONNAT D'ANGLE-TERRE ?
C'EST MON EX QUI ADO-RAIT ÇA !
MOI, JE N'AI PAS DE PRÉFÉ-RENCE PAR-TICULIÈRE...

[*Andreï Chevtchenko, ex-footballeur ukrainien]

[*Marouane Fellaini, footballeur belge jouant pour l'équipe Manchester United]

C'EST DOMMAGE QUE CHELSEA AIT PERDU À UN MOMENT PAREIL !
ÇA VA LEUR JOUER DES TOURS !
.....
TU T'ES DÉJÀ FAIT DES AMIS...
HEIN ?!
ÉVIDEMMENT ! ÇA FAIT DÉJÀ DEUX SE-MAINES QU'ON EST ENTRÉS À LA FAC !
JUSTE-MENT...
ÇA NE FAIT QUE DEUX SEMAINES...

YAMATO-CHAN,
T'ES VRAIMENT UN ERMITE, TOI.
CONTRAIRE-MENT À TOI,
J'AI POUR PRINCIPE DE NE PAS ME MÊLER AUX AUTRES.
OOOH ! QUELLE CLASSE !
TE FICHE PAS DE MOI...
MAIS CETTE FOIS...
CLING
ON N'EST PLUS DANS LA MÊME ÉCOLE.
QUAND QUELQU'UN T'EMBÊTERA, JE NE POURRAI PLUS VENIR TE SAUVER.
À chaque fois c'est pareil.
Il veut toujours...
Me protéger.
TCHAC

.....
JE NE TE L'AI JAMAIS DEMANDÉ.
VLOUP
C'EST VRAI !
FUIP
WAH !!
MAIS TU VOIS, NII-CHAN A TOUJOURS ENVIE DE TE DÉFENDRE.
....!
Il prend ses airs de grand frère,
il s'occupe de moi.
AAAH !
NE ME TOUCHE PAS !
ARRÊTE !
Mais...
INTERDIT DE JOUER AU GRAND FRÈRE !
ON AVAIT PROMIS QU'ON SERAIT JUSTE DES COLOCS !!

ET D'ABORD, ON A LE MÊME ÂGE, TOUS LES DEUX !
SI ON NE DIT RIEN,
LES AUTRES NE REMARQUERONT PAS QU'ON EST FRÈRES !
On a beau être devenus des adultes,
je suis toujours dépendant de lui.
BAH...
MOI, ÇA M'EST ÉGAL.
Pourquoi tu t'énerves ?
DE TOUTE FAÇON, MÊME SI ON N'EST PAS LIÉS PAR LE SANG,
ON A LE MÊME NOM DE FAMILLE.
104
YAMAMOTO
C'EST PAS BIEN DUR DE FAIRE LE LIEN.

OU ALORS, LES GENS VONT NOUS PRENDRE POUR UN COUPLE DÉJÀ MARIÉ !
ARRÊTE DE DIRE DES CHOSES COMME ÇA, C'EST GLAUQUE...
CLAC
104
YAMAMOTO
C'est pour ça...
qu'il faut vite...
Que je quitte...
cette prison dorée.

deuxième bouchée

Nikushoku danshi to Soshoku danshi

CRIIIC...
CRIIIC
YAMATOOOO...
.....
ALLEZ...
SI TU NE TE RÉVEILLES PAS...
FLOUP...

PLAF
JE TE SAUTE DESSUS !
AAAAAAH
Se faire passer pour un frère...
C'est quand même bien pratique.
YAMATO !
TU VEUX QUOI POUR DÉJEUNER ?

FROTTE
FROTTE
UN JUS DE LÉGUMES...
.....
J'ALLAIS PAS TE LAISSER BOIRE JUSTE UN JUS DE LÉGUMES POUR LE PETIT DÉJEUNER.
ARRÊTE D'AVOIR L'AIR AUSSI DÉÇU !
ET MANGE CORRECTEMENT !
À QUI LA FAUTE SI JE SUIS DÉÇU...?

SI TU BOUFFES QUE DES LÉGUMES TOUT LE TEMPS, JE CONNAIS UNE CARNIVORE QUI VA VOULOIR TE DÉVORER.
IL PARLE DE MANAKA ?
BAH, JE SUIS GROS COMME UNE POUSSE DE SOJA...
JE NE SUIS PROBABLEMENT PAS TRÈS BON À MANGER.
Bon appétit...
QU'EST-CE QUE T'EN SAIS ?
T'AS PEUT-ÊTRE L'AIR D'UNE POUSSE DE SOJA,
MAIS SI ÇA SE TROUVE, TU ES AUSSI DÉLICIEUX QU'UN AGNEAU.
POUR ÇA...
IL VA ENCORE FALLOIR M'ENGRAISSER UN PEU.
MIAM...
MIAM
MIAM
IL DIT QU'IL RESSEMBLE À UNE POUSSE DE SOJA...

.....
Il ressemble plus à un petit agneau innocent...
Mais à mes yeux...
QUOI ?
RIEN !
Et il ne sait absolument pas...
à quel point j'ai envie de le dévorer.

Lui et moi, on s'est rencontrés il y a quinze ans.
Mon père, fan de foot, m'avait emmené avec lui.
C'était la première fois que je voyais un match de foot en vrai.
PLIC
À côté de mon père était assise une jeune veuve en train de pleurer.
VOUS VOULEZ UN MOUCHOIR...?
Ouin....
PARDON...
Snif...
Mais ce qui m'a instantanément fasciné...

[*Brioche à la viande]

Fais «aaah»...
C'était...
une rencontre du destin.
Yamato !
Comment ça va, la fac ?
Tu t'es fait des amis ?
MAMAN...
TU M'AS DÉJÀ DEMANDÉ ÇA LA SEMAINE DERNIÈRE...
Je demanderai jusqu'à ce que tu me répondes !

TU DEVRAIS T'INQUIÉTER DE MES RÉSULTATS, PLUTÔT !
Non, pour ça, je ne me fais pas trop de souci…
Ah bon...
Au fait !
Je ne vois pas ton grand frère, qu'est-ce qu'il fait ?
.....
JE N'AI PAS DE GRAND FRÈRE.
Vous vous êtes encore disputés, tous les deux ?
WHAM
IL EST LÀ, LE GRAND FRÈRE !
IL PRÉPARE LA CUISINE !
Ah oui ? Qu'est-ce que tu prépares ?

AUJOURD'HUI, C'EST DU RAGOÛT À LA VIANDE ET AUX POMMES DE TERRE !
Ta recette, maman !
ALLEZ, YAMATO !
OUVRE LA BOUCHE !
Goûte, goûte !
FAIS «AAAH»...
Aaah...
POF

Sur le tablier: Viande-Maruniku Hope

C'est pas vrai !
Regarde, tu as du succès avec moi !
VOUS ÊTES BÊTES, TOUS LES DEUX...
ATTENTION, PAPA VA ÊTRE JALOUX !
REGARDE !
YAMATO EST JALOUX AUSSI !
JE NE SUIS PAS JALOUX !!
Quand on a terminé le lycée,
notre mère a rejoint notre père en Angleterre, où il avait trouvé un travail.
NE VOUS DISPUTEZ PAS TROP, D'ACCORD ?
ONII-CHAN,
PRENDS SOIN DE YAMATO !

.....
OH...
TU PLEURES, YAMATO-CHAN ?
Tu te sens seul sans ta maman ?
JE NE PLEURE PAS !!
BAH, NE T'INQUIÈTE PAS !
JE TE FERAI OUBLIER TON GROS CHAGRIN !
C'EST UN PEU GLAUQUE, LA FAÇON DONT TU DIS ÇA...
J'AURAIS PEUT-ÊTRE DÛ PRENDRE UNE CHAMBRE EN RÉSIDENCE UNIVERSI-TAIRE...

QUEL SANS-CŒUR...
MOI, C'EST QUAND TU N'ES PAS LÀ QUE JE ME SENS SEUL.
QUAND TU N'ES PAS AVEC MOI, JE ME FAIS DU SOUCI POUR TOI.
JE NE VEUX PAS TE LAISSER SEUL.

J...
JUSQU'À QUAND TU COMPTES TE PRENDRE POUR MON GRAND FRÈRE ?
ON A LE MÊME ÂGE, EN PLUS...
.....
J'y peux rien, je suis né plus tôt dans l'année !
MAINTE-NANT...
ON PEUT ARRÊTER CE PETIT JEU.
HEIN ?

PAPA ET MAMAN NE SONT PLUS LÀ...
TOUS LES DEUX,
ON N'A PLUS BESOIN DE FAIRE SEMBLANT D'ÊTRE FRÈRES.
«Faire semblant»...
Pendant un instant, j'ai cru qu'il m'avait percé à jour.
Mais...
Je me trompais.

TADAM
ENCORE DES OBJETS BIZARRES...
JE TE PRÉVIENS, ILS VONT DANS TA CHAMBRE.
C'EST PAS BIZARRE !!
C'EST DES MASQUES PORTE-BONHEUR !
JE LES AI REÇUS EN CADEAU !
IL Y A UN MASQUE D'HOMME ET UN MASQUE DE FEMME.
HOMME ET FEMME...
JE NE VOIS AUCUNE DIFFÉRENCE...
SI, ILS SONT DIFFÉRENTS !
TU VEUX BIEN ARRÊTER DE LIRE DANS MES PENSÉES ?
T'ES TROP FACILE À COMPRENDRE, C'EST TOUT !

LA PROCHAINE FOIS QUE T'ARRIVERAS PAS À TE RÉVEILLER, J'UTILISERAI ÇA !
ÇA A L'AIR DE TE RÉJOUIR...
FLOUP...
C'EST PARCE QUE...
IL N'Y A RIEN QUI ME DONNERAIT PLUS DE PLAISIR...
QUE DE VOIR TON PETIT VISAGE D'ANGE DÉFORMÉ PAR LA TERREUR...
ARRÊTE, ON DIRAIT UN PSYCHOPATHE !!
BON, ÇA SUFFIT...
JE VAIS PRENDRE MON BAIN.
.....
Je sais que j'ai l'air d'un grand méchant loup qui guette le petit agneau, mais ça n'a pas toujours été comme ça.

C'était à l'époque du collège...
.....
DIS...
C'ÉTAIT TA PETITE COPINE, À LA BIBLIO ?
!?
HEIN ?
M...
MAIS NON, PAS DU TOUT !
ON EST TOUS LES DEUX DÉLÉGUÉS DE CLASSE...
C'EST TOUT...
HUM...
MAIS...
JE L'AIME BIEN...

ALORS C'EST ÇA, TON GENRE DE FILLE...
VOUS VOUS ÊTES EM-BRASSÉS ?
.....
CLAC
POUF
MAIS NON...
JE T'AI DIT QU'IL N'Y AVAIT RIEN ENTRE NOUS...
C'est bizarre, mais...
.....
DIS...
Ça m'énerve...

TU PENSES ÊTRE CAPABLE D'ASSURER, QUESTION TU-SAIS-QUOI ?
D...
DE QUOI TU PARLES ?
À TON AVIS ?
TU LE SAIS BIEN.
CRIIIC
29
JE TE PARLE DE SEXE.

GRIMPE
HEIN ?!
AH !! ATTENDS !
NON !! AH !!
VLOUP
HA HA HA ! TU ME CHATOUILLES !!
AH OUI ? ÇA TE CHATOUILLE ?
IDIOT...
OÙ TU TOUCHES, LÀ...?
FLOUP
FLOUP
Ha ha ha...
SLUR
FRISSON
AH...
FUIP...

HH...
GLOUPS
AH...
EH BEN...
TU BANDES, FINALEMENT...
PAF
AÏE...

HAA
T'ES HORRIBLE...!
CLAC
TAP
TAP
YAMATO ?
LE BAIN N'EST PAS ENCORE PRÊT !
......
TOC
TOC
QU'EST-CE QUI SE PASSE, JÔJI ?
VOUS VOUS ÊTES DISPUTÉS ?

AH...
JE VOULAIS JUSTE LE TAQUINER UN PEU...
C'EST DE MA FAUTE.
JE LUI PRÉSENTERAI MES EX-CUSES TOUT À L'HEURE...
NE RESTEZ PAS TROP LONGTEMPS FÂCHÉS !
OUI...
CLAC
.....
Ce jour-là...
Pour la première fois, je me suis masturbé en pensant à Yamato.
Juste après,
Yamato et moi, on s'est réconciliés.
ÇA VA PAS LA TÊTE, DE METTRE LA MAIN AU PANIER À TON FRÈRE ?!
Pervers !!
Pardon !
JE NE LE REFERAI PLUS RIEN QUE POUR QUE TU NE DISES PLUS JAMAIS «LA MAIN AU PANIER» !
PARDON !!

Yamato et la fille ont commencé à sortir ensemble.
Et ensuite,
SNIF
Ils ont rompu juste avant la remise des diplômes.
YAMATO !
ARRÊTE DE FAIRE TA LOQUE ET SORS UN PEU !
SNIF
NON...
JE PEUX PAS...
SNIF
ALLEZ, T'INQUIÈT PAS !
T'ES BEAU GARÇON, TOUTES LES FILLES VONT SE ROULER À TES PIEDS...
SNIF
POF POF
.....
MAIS J'AI PAS ENVIE QU'ELLES SE ROULENT À MES PIEDS...
HEIN ?
J'AI...
PEUR DES FILLES...
Pour faire plaisir à sa copine impatiente,
Yamato a apparemment accepté de coucher avec elle un peu avant la remise des diplômes.

MAIS JE N'AI PAS RÉUSSI...
JE N'AI PAS EU D'ÉRECTION...
HEIN ?!
MAIS LA DERNIÈRE FOIS, TU...
SNIF
Bouuh...
JE SAIS PAS...
MOI NON PLUS, JE COMPRENDS PAS POURQUOI...
C'EST FICHU...
QUAND JE REPENSE À SON EXPRESSION DÉÇUE, J'AI ENVIE DE MOURIR...
Je sais pas quoi faire...
FLOUP
FLOUP
MAIS NON, MAIS NON...
JE SUIS LÀ, MOI !
ARRÊTE TES BLAGUES...

SNIF
QU'EST-CE QUE JE VAIS FAIRE, SI JE NE TROUVE PERSONNE D'AUTRE QUE TOI ?
Tu m'écoutes ?!
がばっ
WHAM
TANT QUE JE SUIS LÀ, C'EST PAS GRAVE !
SNIF
JE VAIS ME COUCHER...
EN DORMANT, J'OUBLIERAI TOUT...
SNIF
RETOUR À ZÉRO...
SNIF
EH OH !
T'AS RIEN ÉCOUTÉ DE CE QUE JE VIENS DE TE DIRE ?!
C'était la situation rêvée.
ガチャ
TCHAC
.....

Plic
.....
On dirait...
Il a les yeux à moitié fermés...
.....
une pousse de soja.
DÉPÊCHE-TOI DE T'HABILLER !
ET SÈCHE-TOI LES CHEVEUX !
Sinon tu vas attraper froid !
J'AI LA TÊTE QUI TOURNE...
Non...
Une pousse de soja, il suffit de la faire frire à la poêle pour que ce soit bon.

Légume de saison...
à manger avec une sauce hollandaise...
Lui, il serait plutôt une asperge blanche...
FORCÉMENT.
AVEC UNE PEAU AUSSI PÂLE...
C'EST PAS DE MA FAUTE.
Ça me ferait plaisir...
de le dévorer.

ZZZ...
ZZZ...
.....
QUEL VISAGE INNOCENT...
.....
TU SAIS...
TU VEUX QUE J'ARRÊTE DE ME PRENDRE POUR TON FRÈRE...

MAIS EST-CE QUE TU COMPRENDS VRAIMENT...
CE QUE TU ME DEMANDES ?

J'ai fait un rêve où je me faisais manger par une bête féroce.
NH...
AH...

SALUT.
.....
SALUT...
C'ÉTAIT TOUT JUSTE...
TU VEUX DÉJEUNER ?
Qu'est-ce qui était tout juste ?
JE VEUX BIEN...
AU FAIT,
TU AS CHANGÉ D'AVIS, POUR LES MASQUES ?

OUI, POUR AUJOURD'HUI.
HUM...
ÇA NE ME DÉRANGERAIT PAS QUE TU CHANGES D'AVIS POUR LES AUTRES JOURS AUSSI...
J'Y RÉFLÉCHIRAI.

troisième bouchée
Mikushoku danshi to Soshoku danshi

YAMATO !
N'OUBLIE PAS TON BENTÔ.
AH,
PARDON.
QU'EST-CE QU'IL Y A ?
HUM…
J'AI QUELQUE CHOSE
SUR LA NUQUE…
J'AI PEUT-ÊTRE ÉTÉ PIQUÉ PAR UNE BESTIOLE.
JE N'ARRIVE PAS BIEN À VOIR CE QUE C'EST…
AH BON ?
EN TOUT CAS, C'EST PAS GONFLÉ…

ÇA VA SANS DOUTE DISPARAÎTRE RAPIDEMENT.
Tiens.
Merci.
PAR CONTRE, AVEC TA PEAU BLANCHE, ÇA VA PEUT-ÊTRE SE REMARQUER UN PEU...
BAH, CE N'EST PAS ÇA QUI ME DÉRANGE LE PLUS...
......
TU RENTRES TARD, AUJOURD'HUI ?
HEIN ?
AH,
OUI, PROBABLEMENT APRÈS MINUIT.
IL Y A DES RESTES DANS LE FRIGO.
SURTOUT, N'OUBLIE PAS DE MANGER CORRECTEMENT !

JE NE SUIS PLUS UN GOSSE.
TU PEUX ME LÂCHER LES BASKETS.
C'EST JUSTEMENT PARCE QUE TU N'ES PLUS UN GOSSE QUE JE NE VEUX PAS TE LÂCHER LES BASKETS !
QU'EST-CE QUE ÇA VEUT DIRE ?
Mon rêve, c'est que chaque cellule qui compose ton corps ait besoin de moi !
GLING !
QU'EST-CE QUE TU RACONTES...
REMARQUE, C'EST VRAI QUE J'AI BESOIN DE TA CUISINE...
POUR LE RESTE, ÇA M'EMBÊTERAIT...
ÇA, C'EST SÛR...

QUAND TU FAIS LA CUISINE, YAMATO,
C'EST COMME SI TU FAISAIS UNE EXPÉRIENCE DE CHIMIE AU LYCÉE.
JE ME RAPPELLE ENCORE DU JOUR OÙ TU AS VOULU PRÉPARER UN ASSAISONNEMENT AVEC DES TUBES À ESSAI ET UNE BLOUSE BLANCHE...
BON, ÇA VA !!
À plus !
Beuuh
代官山

BLA BLA
.....
C'est bizarre ...
J'ai l'impression que tout le monde me fixe dans mon dos...
PRENEZ VOS PLACES,
LE COURS VA COMMENCER.
Dire que je me disais que tu allais enfin abandonner tes lunettes quand on est entrés à la fac...

En entrant à la fac...
.....
je pensais que tout changerait enfin.
Il y a plein d'étudiants étrangers, ici...
Les métis ne sont pas si rares que ça.
FIOU

Je me demande à partir de quand...
j'ai commencé à avoir peur du regard des autres.
......
À cette époque-là, je...
FRISSON

!?
C'est bien le moment de me rappeler de ça...
......
Avant, on me regardait comme si j'étais un animal bizarre...
Quand ont-ils commencé à me regarder...

Comme si j'étais une proie ?
FIXE
TU VEUX PAS ARRÊTER DE ME FIXER COMME ÇA ?
QU'EST-CE QUE T'AS, CES DERNIERS TEMPS ?
JE ME DISAIS JUSTE QUE...
TU DEVIENS TELLEMENT MIGNON QU'ON AURAIT ENVIE DE TE DÉVORER.
QUOI...?
¥10,000

Tu deviens tellement mignon qu'on aurait envie de te dévorer...
J'ai ressenti une étrange sensation de malaise...
Et pour essayer de m'en débarrasser, j'ai acheté ça.
AU DÉBUT, C'ÉTAIT JUSTE POUR ATTÉNUER MON EMBARRAS...
MAIS J'AI FINI PAR NE PLUS JAMAIS OSER LES ENLEVER.
LE COURS EST FINI POUR AUJOURD'HUI.
N'OUBLIEZ PAS DE RENDRE VOTRE DOSSIER LA SEMAINE PROCHAINE.

[*Poches de tofu frit fourrées au riz vinaigré]

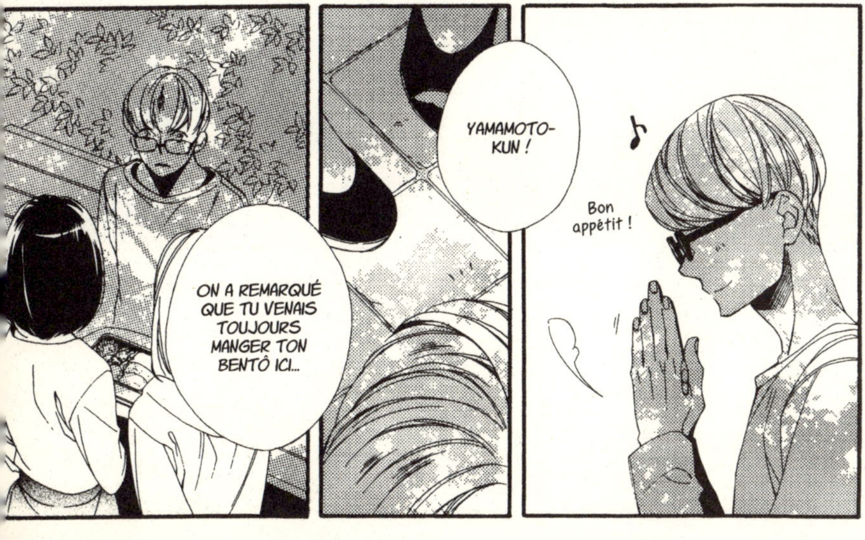

Ça a l'air bon !
ON PEUT S'AS-SEOIR AVEC TOI ?
AH...
EUH...
ARGH !
T'es vraiment un ermite, Yamato-chan !
GRIP...
HOCHE
D...
D'AC-CORD...
Super !
TU AS TOUJOURS L'AIR TELLEMENT HEUREUX DE MANGER, JE TROUVAIS ÇA DRÔLE !
.....
AH BON...?

JE PEUX PRENDRE UNE PHOTO ?
QUOI ?!
EUH...
OK...
Ça a l'air trop bon !
TU AIMES LES INARIZUSHI ?
......
O... OUI...
...C'EST TA MÈRE QUI L'A PRÉPARÉ ?
HEIN ?
TON BENTÔ !
AH...
NON...

C'EST JÔJI...
MON COLOC...
LA CUISINE, C'EST SON LOISIR...
AH, TU ES EN COLOCATION ?
OUI...
ENFIN...
♪
JE VEUX M'ENFUIR...
FLOUP
FLOUP
MIOM
MIOM
.....
C'EST INCROYABLE,
DE FAIRE UN SI BEAU BENTÔ ALORS QU'IL NE S'AGIT QUE D'UN LOISIR !
?
C'EST BIEN RÉUSSI, LES COULEURS SONT JOLIES,
TOUT EST TRÈS BIEN DISPOSÉ...
C'EST SI INCROYABLE QUE ÇA ?
.....

JE ME DEMANDE...
SI CETTE PERSONNE PRÉPARE ÇA UNIQUEMENT PAR LOISIR...
Après ça,
une rumeur s'est propagée dans l'école comme quoi une jeune femme mystérieuse, très douée en cuisine,
avait déjà mis le grappin sur Yamato Yamamoto (18 ans).
Ça craint... Je peux pas gagner contre une fille qui lui fait un bentô maison...
BIP

SoftBonk 4G
23:
......
C'est incroyable de faire un si beau bentô alors qu'il ne s'agit que d'un loisir !
JÔJI CUISINE TRÈS BIEN...
ET ÇA M'ENLÈVE UNE ÉPINE DU PIED...
MAIS IL N'EST PAS OBLIGÉ DE PERDRE SON TEMPS À PRÉPARER QUELQUE CHOSE POUR MOI.
Onii-chan !
Prends soin de Yamato !

HAA...
PLAF
Quand on s'est rencontrés,
j'étais toujours en train de pleurer.
Miom
Miom
Ouiiin !
Ton anniversaire tombe avant le sien,
alors de vous deux, c'est toi le grand frère, Jôji.

Alors promets-moi...
que tu protégeras Yamato.
Jôji, qui venait juste de perdre sa mère, ne voulait plus quitter sa nouvelle maman.
Il a pris très au sérieux ce qu'elle lui demandait.
C'est à partir de ce moment que j'ai arrêté de pleurer pour un rien.
APRÈS TOUTES CES ANNÉES,
Maintenant,
ça prend des airs de malédiction.
IL SERAIT TEMPS QU'IL OUBLIE SA PROMESSE...
Un jour...
nos chemins finiront bien par se séparer.

カチャ
TCHAC
ZZZ
.....

FUIP
FUIP
MMH...
YAMATO...
VA DORMIR DANS TON LIT !
TU VAS ATTRAPER UN RHUME.
HH...
HMPF
HMPF
JE RE-GARDE...
UN FILM...
T'AS PAS TROP L'AIR DE LE REGARDER, LÀ !
HAA...
POURQUOI T'ES TOUJOURS...
AUSSI INSOUCIANT...?
Comment tu veux que je ne m'inquiète pas ?

HUM...
DEMAIN...
J'AI LA JOURNÉE DE LIBRE...
C'EST ÇA, D'ACCORD.
GRIP
SNIF
SNIF

Hi hi
TU PUES LA VIANDE...
QUOI...?

.....
JÔJI...?
....!
POURQUOI T'ÉCOUTES JAMAIS...

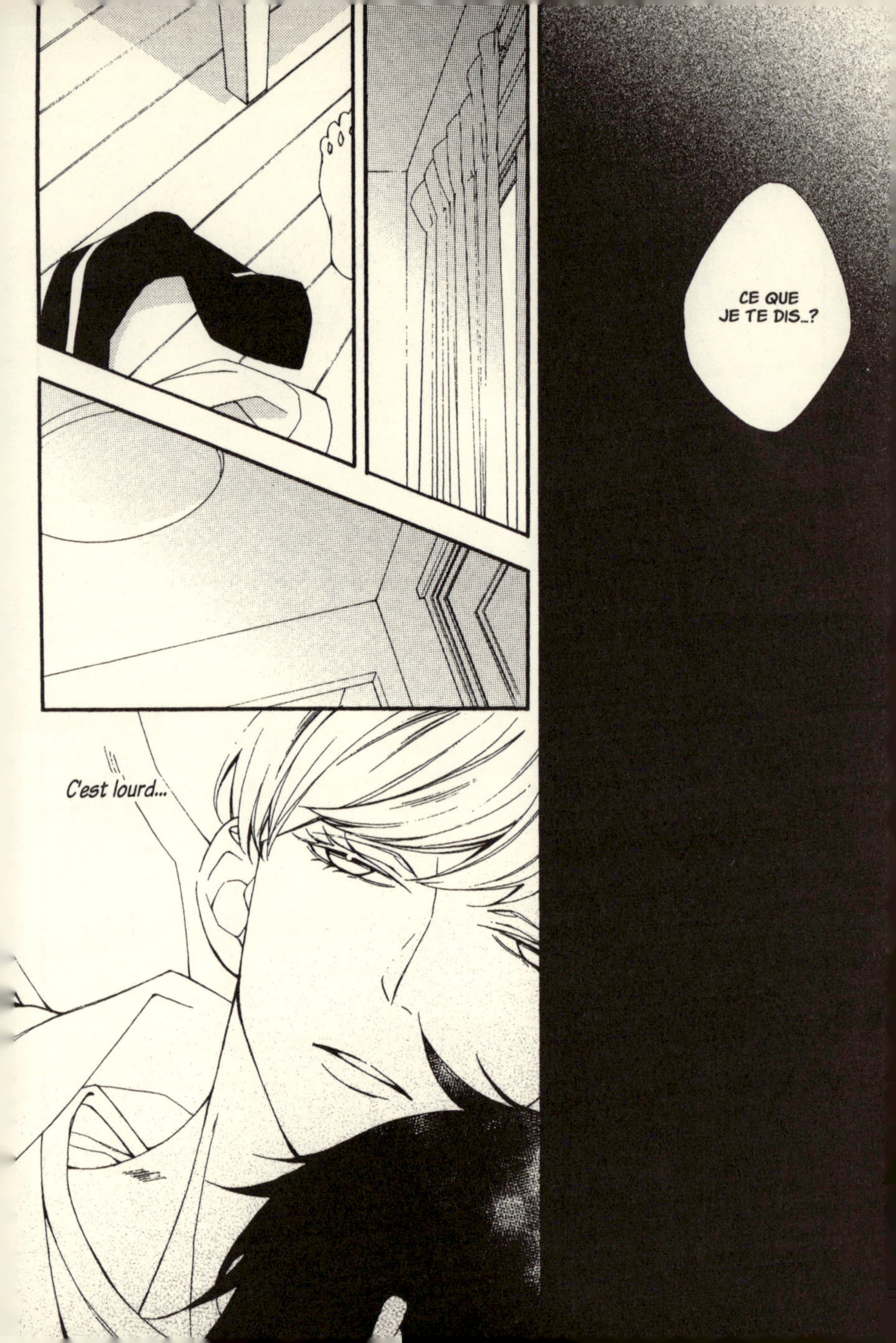
CE QUE JE TE DIS...?
C'est lourd...

.....
J'ai comme un courant d'air qui me passe entre les pieds...
FRISSON...
Je suis où, là ?
FLOUP
FLOUP
Ah...
SALUT !
C'est plus léger, d'un coup...

Jôji...
T'ES RÉVEILLÉ ?
MMH...
SMACK
SMACK
Ses cils sont plus longs que ce que je pensais...
SMACK
SMACK

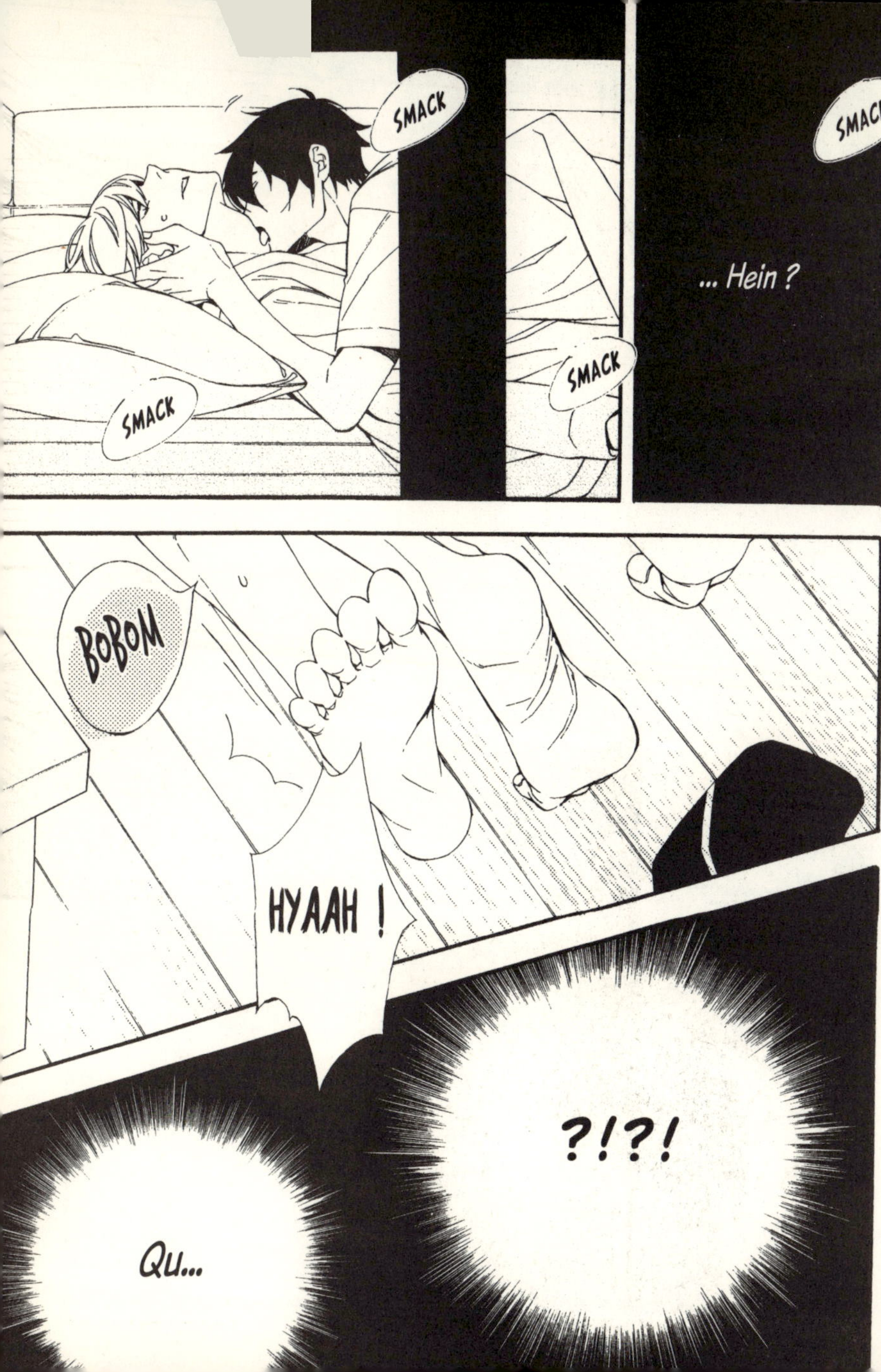
SMACK
... Hein ?
SMACK
SMACK
SMACK
BOBOM
HYAAH !
?!?!
Qu...

HA HA !
PAS TRÈS SEXY...
QU'EST-CE QUI SE PASSE...?
C'EST QUOI CE BORDEL ??

QU...
QU'EST-CE QUE TU FICHES ?
COMMENT ÇA ?
JE CONTINUE CE QU'ON A COMMENCÉ HIER...
AAAAAAAAAH
CUI
CUI

Травоїдні чоловіки
quatrième bouchée
Nikushoku danshi to Soshoku danshi

Hé ho...
CRIE PAS SI FORT, TU VAS DÉRANGER LES VOISINS...
SMOOOTCH
!?
MMMH ??
PAF
ばん
PAF
ばん
FUAAAH !!
OUI OUI, JE SAIS,
JE TE LAISSE REPRENDRE TA RESPIRATION.
HUU
HUU
QU...
QU'EST-CE QUE TU FICHES...

BOBOM
C'est quoi, ça...?
JE...
JE T'AI DIT DE NE PAS ME TOUCHER...
HEIN ?
MAIS YAMATO...
C'EST TOI QUI AS DIT QUE TU NE VOULAIS PLUS QUE JE SOIS TON GRAND FRÈRE.
!?

JE...
JE VOIS PAS LE RAPPORT ENTRE ARRÊTER D'ÊTRE FRÈRES...
POUSSE
ET CE QU'ON EST EN TRAIN DE FAIRE LÀ !
T'es trop près !
C'EST SIMPLE...
ÇA FAIT LONGTEMPS QUE JE T'AIME.
QUOI...?

JE T'AIME DEPUIS TOUJOURS.
SI ON ARRÊTE D'ÊTRE FRÈRES,
IL NE ME RESTE PLUS QUE ÇA.

NON.
NON NON NON ET NON ! TU RÊVES !!
POUSSE
EH !!
C'EST IMPOSSIBLE...
TU...
TU PEUX PAS ME DIRE QUE TU M'AIMES, COMME ÇA D'UN COUP...
COMMENT...
JE DOIS RÉAGIR, MOI...?

TU NE TE SOUVIENS PAS DE CE QU'ON A FAIT HIER ?
AH...
BLUSH
EUH...
SI ÇA PEUT TE RASSURER, ON N'EST PAS ALLÉS JUSQU'AU BOUT.
FUIP...
J'EN AVAIS ENVIE, POURTANT.

TREMBLE
BOUGE DE LÀ...
TREMBLE
IL FAUT QUE J'AILLE AU TRAVAIL...
HEIN ?
POUSSE
MAIS...
TU M'AS DIT QUE TU AVAIS LA JOURNÉE DE LIBRE AUJOURD'HUI...
TREMBLE
J'AVAIS OUBLIÉ...
MAIS ILS MANQUENT DE GENS CE WEEK-END...
TREMBLE
YAMATO...?
GRIP
OUBLIE TOUT.

ON N'A RIEN FAIT.
JE N'AI RIEN ENTENDU.
ON REPART DE ZÉRO.
JE T'EN PRIE.

どーん
BEUUUH
OUAH, ON DIRAIT UN CADAVRE...
.....
JE SUIS PAS ENCORE MORT...
AH OUAIS ? DOMMAGE...
POURQUOI T'ES AUSSI MÉCHANTE AVEC MOI ? J'AI PAS LE SOUVENIR DE T'AVOIR DÉJÀ FAIT DU MAL !
Pas cool !
EN MÊME TEMPS, ÇA NE FAIT QUE DEUX SE-MAINES QU'ON SE CONNAÎT.
ET PUIS, POURQUOI TU VOUDRAIS QUE JE SOIS MORT, D'ABORD ?
M'enterre pas trop vite !

PARCE QUE TU ES UN OBSTACLE DONT JE VEUX ME DÉBARRASSER !
PARDON ?!
COMMENT IL VA, TON PETIT FRÈRE ?
CLAC
!?
Allez allez, fais pas cette tête !
HA HA, J'AVAIS RAISON !
JE ME COMPORTERAIS PAS COMME ÇA AVEC LUI SI C'ÉTAIT VRAIMENT MON FRÈRE...
GLOUPS...
POUR AVOIR UNE CHANCE, IL FAUDRAIT QUE JE ME COLLE À LUI ET QUE JE NE LE LÂCHE JAMAIS...

AVOIR UNE CHANCE...?
.....
QUAND MÊME, EN VIVANT AVEC LUI, TU ES AVANTAGÉ !
JE NE SUIS PAS AVANTAGÉ DU TOUT...
ALORS ÇA VEUT DIRE QUE MOI J'AI UNE CHANCE AVEC LUI ?!
TU RÊVES.
MAIS...
AH BON ?
QUELLE HONNÊTETÉ...
JE SUIS QUELQU'UN DE TRÈS HONNÊTE, MOI MADAME...
DÉPRIMÉ
HAA...
......

AU FAIT, T'ES GAY, JÔJI ?
ENFONCE PAS LE CLOU...
HA HA HA...
QUAND MÊME, T'AS DES VUES SUR TON PETIT FRÈRE.
EN MÊME TEMPS, IL FAUT DIRE, IL EST CARRÉMENT BEAU...
On n'est pas frères de sang, mais bon.
ÇA DONNE ENVIE DE LE DÉVORER.
.....
EXACTEMENT...
LE DÉVORER...
Il était devant moi, prêt à être dévoré...
On repart de zéro.
Et le peu de raison qu'il me restait s'est envolé.
Je t'en prie.
.....
HAA...

SÉRIEUX ?
IL S'EST VRAIMENT PASSÉ UN TRUC AVEC YAMATO-KUN ?
On dirait que t'as pas réussi à attraper ta proie, bwahaha !
C'EST PAS DRÔLE !!
IL A L'AIR D'ÊTRE PLUTÔT DIFFICILE À CAPTURER, NON ?
Ça me motive encore plus !!
TU VAS VOIR, JE VAIS CALMER TES ARDEURS, MOI !
GRR
ÇA VA...
PAS LA PEINE D'ÊTRE AUSSI PROTECTEUR AVEC LUI.
HMM...
PROTECTEUR...?

C'EST PAS BIEN DE CHERCHER À LE MONOPOLISER.
.....
TU PARLES...
IL NE LE REMARQUE MÊME PAS.
Jôji...
À ce moment-là...

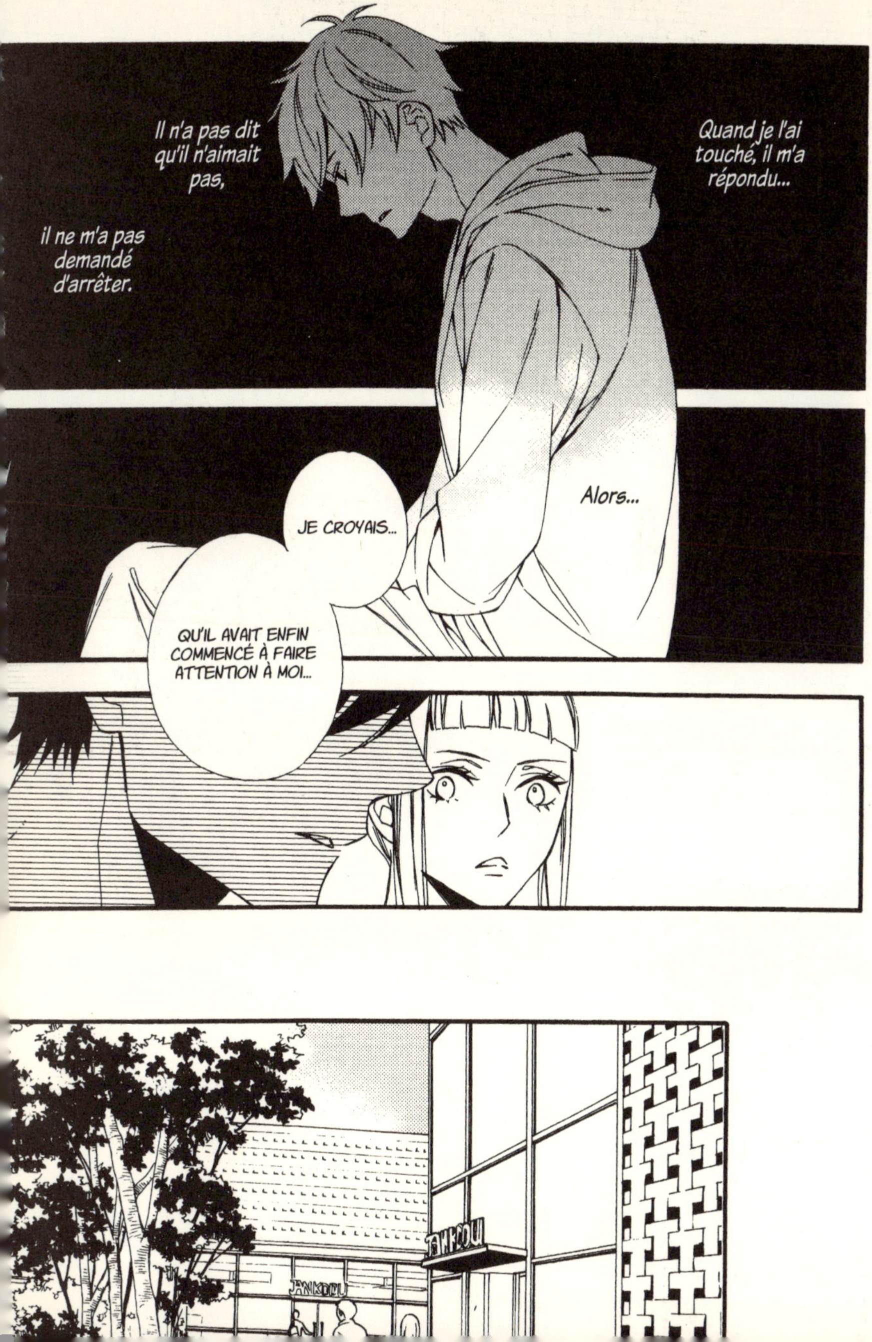
Quand je l'ai touché, il m'a répondu...
Il n'a pas dit qu'il n'aimait pas,
il ne m'a pas demandé d'arrêter.
Alors...
JE CROYAIS...
QU'IL AVAIT ENFIN COMMENCÉ À FAIRE ATTENTION À MOI...

STAFF ONLY
Finalement...
J'ai quand même accepté de prendre son bentô avec moi.
?
......
!?
......
...
......
JANK
TU N'AS PAS FAIM ?
HEIN ?!

GROUUUUUIIIC
Oh, ça a l'air bon...
Grouic !
HA HA HA...
NON, J'AI FAIM...
Blush
TU DEVRAIS TE DÉPÊCHER DE MANGER AVANT LA FIN DE TA PAUSE !
À tout à l'heure !
OUI...
PARDON...
CLAC
.....
Au début...
C'était de l'omelette roulée.

YA-MA-TO !
GOÛTE ÇA !
C'est mon tout premier essai !
Puis ça a été du ragoût de viande...
Des boulettes de riz...
.....
QUE DES CHOSES QUE J'AIME BIEN.
Je t'aime depuis toujours.
COMMENT ÇA, DEPUIS TOUJOURS ?
POURTANT...
IL A EU DES COPINES...
RRRRR

BIP
soft pank
Réception
Expéditeur : Jôji
Destinataire : Yamato Yam
Titre : Tu manges correcte
17-06-2016
Désolé d'avoir préparé ça avec les restes...
POURQUOI IL S'EXCUSE...?
POURQUOI...
C'EST MAINTENANT QU'IL ME DIT QU'IL M'AIME ?
Pas de réponse.
.....
ON EST FRÈRES À CAUSE DE NOS PARENTS, MAIS...

ON N'A PAS LES MÊMES GÈNES, TOUS LES DEUX.
FINALEMENT, C'EST COMME SI ON ÉTAIT DEUX ÉTRANGERS.
TU N'AS PAS LES MÊMES GÈNES QUE TA MÈRE NON PLUS, POURTANT, C'EST TA MÈRE.
OUI, MAIS LÀ, COMMENT DIRE... LE POIDS DE LA RESPONSABILITÉ N'EST PAS LE MÊME.
SI JE LE LÂCHAIS DU REGARD, IL SE FERAIT TOUT LE TEMPS HARCELER PAR DES FILLES COMME TOI.
QUAND ON ÉTAIT AU COLLÈGE,
JE ME SUIS RENDU COMPTE QUE CE N'ÉTAIT PAS JUSTE MON «DEVOIR DE GRAND FRÈRE» QUI ME POUSSAIT À AGIR COMME ÇA.
ET DONC, TU T'ES DIT QUE SI TU NE FAISAIS PAS ATTENTION,
QUELQU'UN ALLAIT FINIR PAR TE LE VOLER.
Tu devines la suite ?

OUI,
PLUS OU MOINS.
Au début...
Il me laissait tomber...
Je pensais que j'étais jaloux de Yamato.
Il était déjà parti tout seul sur le chemin qui mène à la vie adulte.
Mais je me trompais.
TOUT À L'HEURE,
TU M'AS DEMANDÉ SI J'ÉTAIS GAY.
OUI...
C'EST UNE POSSIBILITÉ.
POUR SAVOIR SI JE PRÉFÉRAIS LES FILLES OU LES GARÇONS,
J'AI ESSAYÉ BEAU-COUP DE CHOSES.

T'AS COUCHÉ AVEC DES MECS ?
Ho ho...
Pourquoi tu me regardes comme ça ?
NON, JE ME SUIS JUSTE SERVI D'UN MAGAZINE...
C'ÉTAIT TRÈS INS-TRUCTIF.
C'EST TOUT ? C'EST NUL !
.....
BREF,
JE SUIS SORTI AVEC PLEIN DE FILLES, J'AI COUCHÉ AVEC ELLES, ET...
«Tu ne sors qu'avec des filles qui se ressemblent, non?»
«De belles filles, minces, à la peau blanche... Des filles trop bien pour toi!»
«C'est qui, Yamato?»
«Quoi?»
«Tu viens juste de prononcer ce nom!»
FINALEMENT, J'AI RÉALISÉ QUE C'ÉTAIT SIMPLEMENT UNE ÉNORME PERTE DE TEMPS...
Enfin, ça m'a servi d'expérience...
C'EST VRAIMENT NUL.
.....
C'EST VRAI, C'EST NUL...
JE ME PRENDS TOUJOURS LA TÊTE...
MAIS LA RÉPONSE EST TOUJOURS LA MÊME.
JE VOIS...
FINALEMENT...

IL FAUT QUE J'AILLE DE L'AVANT,
ET QUE J'ARRÊTE D'AVOIR PEUR.
AH...
ON DIRAIT QUE T'AS RETROUVÉ L'ENVIE DE VIVRE...
soft pank
Réception
Expéditeur : Jôji
Destinataire : Yamato Yar
Bon boulot !
17-06-2016
Tu rentres quand ?
CLAP
.....
HAA...
QUEL GROS SOUPIR !
QUOI ?
UN PRINCE NE SOUPIRE PAS COMME ÇA ! C'EST À CAUSE DE TA PETITE AMIE ?
HEIN ?
J'AI RAISON ?
Prince ?

NON...
EUH...
C'EST...
FINALEMENT, JE NE LUI AI PAS RÉPONDU.
Je ne sais pas comment décrire...
notre relation.
Je t'aime depuis toujours.
Si on arrête d'être frères,
il ne me reste plus que ça.

C'est pour ça...
Si on repart de zéro,
si on oublie tout...
En faisant ça...
MAIS...
C'EST TROP BIZARRE...

ガチャ
TCHAC
Tout reviendra à la normale.
JE SUIS RENTRÉ...
AH !
SALUT !
TU RENTRES TARD.
LE MATCH A DÉJÀ COMMENCÉ.
T'AS FAIM ?
NON, J'AI DÉJÀ MANGÉ...
AH...
TU AVAIS PRÉPARÉ LE REPAS ?
DÉSOLÉ...
JE NE T'AI PAS PRÉVENU...

JE PRENDRAI LE PETIT DÉJEUNER ICI DEMAIN...
JE COMMENCE TÔT, ALORS TU N'AS PAS BESOIN DE TE LEVER.
QUOI ?!
MAIS TU M'AS DIT QUE TU N'AVAIS PAS COURS LE MATIN, LUNDI !
C'EST POUR ÇA QUE TU AVAIS ACCEPTÉ DE REGARDER LE MATCH AVEC MOI !
ILS MANQUENT ENCORE DE PERSONNEL AU TRAVAIL.
JE TE FAIS UN BENTÔ ?
PAS LA PEINE.
JE VAIS PRENDRE UN BAIN ET ALLER ME COUCHER.
BONNE NUIT.
......

YAMATO...
OUAH !!
.....
JE CROYAIS...
QUE TU VOULAIS REPARTIR DE ZÉRO ?

HUMPF...
!?
QUAND TU RÉAGIS COMME ÇA...
ÇA ME FAIT L'EFFET INVERSE.
SMACK
CÂLIN
ARRÊTE !! ESPÈCE DE SALE PERVERS !!
PAF
GYAAAH
Wouf !

BAM
BAM
CLAC
IL A PEUT-ÊTRE PAS TORT...
MAIS QUAND MÊME...
QUAND JE JOUE MON RÔLE DE GRAND FRÈRE, ÇA L'ÉNERVE.
QUAND JE LUI FAIS UNE DÉCLARATION D'AMOUR, IL S'ENFUIT.
JE NE SAIS PAS QUOI FAIRE, MOI.
MAIS BON...
PEUT-ÊTRE QUE J'AI UNE MINUSCULE CHANCE...
NON ?
BON...

QU'EST-CE QUE JE FAIS, MAINTENANT ?
GLISSE
HAA
HAA
J'ai peur...
MON CŒUR...
TAMBOURINE...
J'ai peur...

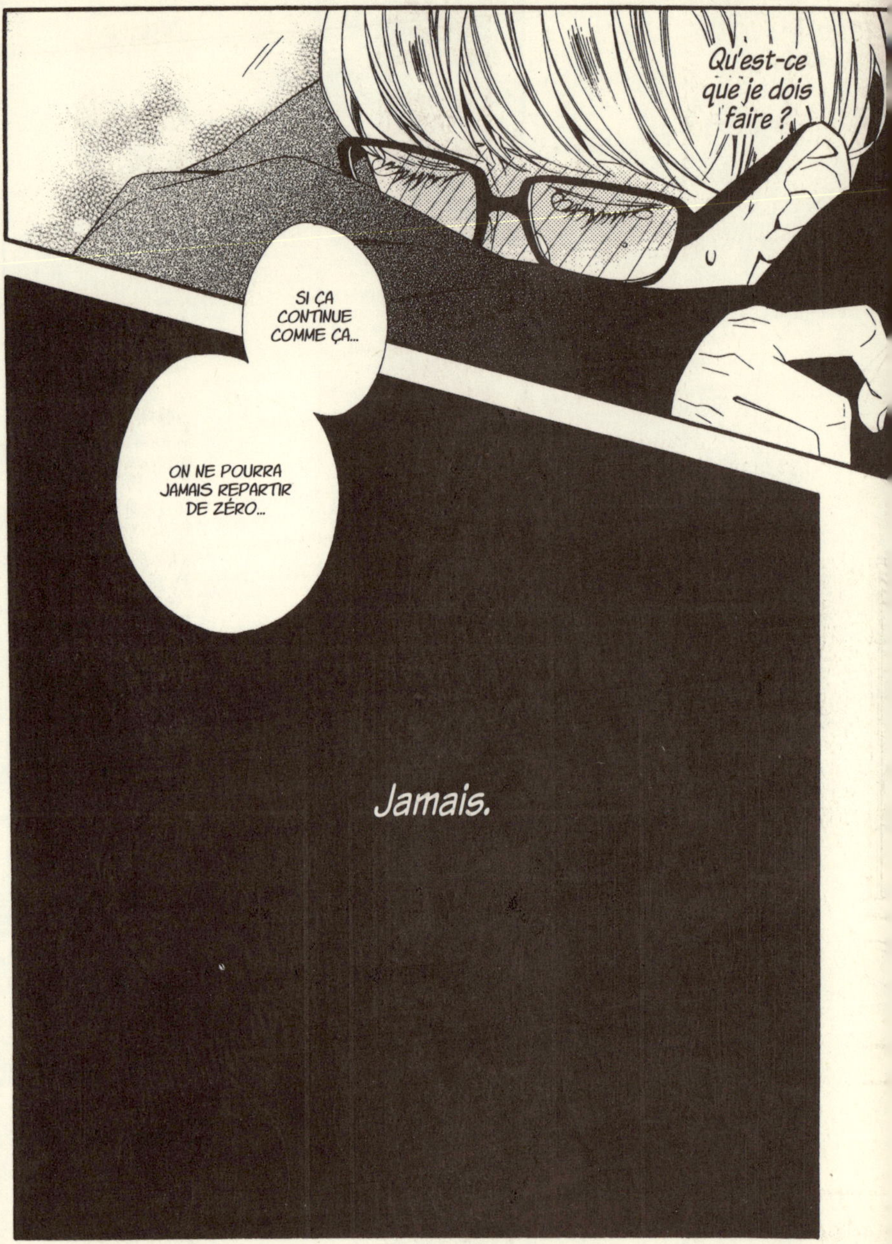
Qu'est-ce que je dois faire ?
SI ÇA CONTINUE COMME ÇA...
ON NE POURRA JAMAIS REPARTIR DE ZÉRO...
Jamais.

♬
♪
♬ ♪
♪
♬
BIP
Softbank
93%
......
WHAM
TAP
cinquième bouchée
Nikushoku danshi to Soshoku danshi

TCHAC
ガチャ
QU'EST-CE QUE JE VAIS FAIRE...
POUR LE PETIT-DÉJEUNER...?
Je lui avais fait une promesse...
.....
JE N'AI PAS TRÈS FAIM...

Salut !
Réchauffe ça au micro-ondes
avant de le manger. Et n'oublie pas
de prendre ton bentô avec toi !
Mon amour pour toi n'a pas
de date limite de
consommation...
Jôji
GROUUUK
......
Gruuuk...

IL ÉCRIT ÇA SUR UN POST-IT…
SÉRIEUSE-MENT…
IL FAUT QU'IL ARRÊTE D'ÊTRE AUSSI FRANC.
BONNE SOIRÉE…

BONNE SOIRÉE !
......
Réception
Expéditeur : Jôji
Bon boulot !
Aujourd'hui 19:06
J'ai préparé le repas
Je n'arrive pas encore...
JE N'AI PAS ENVIE DE RENTRER À LA MAISON...
à com-
prendre
ce que je
ressens.
MAIS...

JE NE SAIS PAS OÙ ALLER...
GRAAAH
ぐあっ
IL EN MET UN TEMPS !!
OÙ EST-CE QU'IL EST, CET IDIOT ?! QU'EST-CE QU'IL FICHE ?
Pfff !!
IL DEVRAIT AVOIR FINI SON BOULOT, À CETTE HEURE-CI !
BON SANG !
C'EST PLUS UN GOSSE !
GRRRR
BIP
BIP
IL POURRAIT AU MOINS RÉPONDRE À MON MESSAGE !

POUR LA PEINE, JE LUI METTRAI PLEIN DE CAROTTES DANS SON BEN-TÔ DE DEMAIN !
Driiing…
Driiing…
Le numéro que vous avez composé n'est pas joignable actuellement…
.....
MONSIEUR,
C'EST L'HEURE DE LA DERNIÈRE COMMANDE. EST-CE QUE VOUS DÉSIREZ QUELQUE CHOSE ?
SURSAUTE
HEIN ?
OUAH !
AH..!
EUH, NON MERCI !
MINCE...
JE SUIS RESTÉ TROP LONG-TEMPS...
MERCI DE VOTRE VISITE !

Je commence à prendre de mauvaises habitudes...
HAA...
MH ?
CLIC
CLIC
HEIN ??
RIEN...
J'AI PLUS DE BATTERIE...
Et si...
... JE DISPARAIS-SAIS DE LA CIRCULATION, LÀ MAINTENANT ?

MAIS...
JE N'AI NULLE PART OÙ ALLER...
JE ME DEMANDE SI JÔJI SE FAIT DU SOUCI...
PROBA-BLEMENT,
LE CONNAIS-SANT...
Mon cœur n'arrive pas à se décider,
mais mon corps, c'est une autre histoire.
Si je reste à ses côtés...

.....
SI SEU-LEMENT...
JE POUVAIS ÊTRE SÉPARÉ DE LUI JUSTE POUR UNE NUIT...
UN HÔTEL...
MAIS... J'AI PAS D'ARGENT ...
MON SALAIRE TOMBE À LA FIN DU MOIS...
.....
HUUUM
AH !
POUR L'INSTANT, LA SEULE CHOSE QUI PEUT ME RAPPORTER DE L'ARGENT, C'EST...
MON VISAGE...?
.....
FUIP...

Ha Ha Ha...
ÇA RISQUE PAS D'ARRIVER...
POF
HÉ, TOI !
GYAAAH !
QU...
QUOI ?!
Sacré timing !!
TIENS ?
IL ME SEMBLAIT BIEN AVOIR APERÇU UN BEAU MEC...
C'ÉTAIT TOI, YAMATO-KUN !
QU'EST-CE QUE TU FAIS LÀ ?
....
M... MANAKA !!
C'ÉTAIT UN DE TES CLIENTS...?
QUOI ?
UN CLIENT ?
.....

NON,
OUBLIE ÇA.
TOUT VA BIEN ?
AH...
EUH...
OUI...
EUH...
DIS...
MERCI...
DE M'AVOIR AIDÉ !
JE SUIS TOUJOURS UN PEU PANIQUÉ QUAND UN INCONNU
M'ADRESSE LA PA-ROLE...
BOBOM
IL...
IL EST TROOOP MIGNON !!
DIS-MOI,
TU ALLAIS RENTRER CHEZ TOI, LÀ ?

.....
Je ne sais pas trop ce qui s'est passé, mais c'est le moment d'en profiter !
DANS CE CAS,
ÇA TE DIRAIT DE VENIR CHEZ MOI ?
QUOI ?!
C'EST TOUT PRÈS D'ICI !
J'habite dans le quartier de Sanchôme.
EUH...
MAIS...
GLOUPS...
IL EST DÉJÀ TARD...
CE NE SERAIT PAS RAISONNABLE D'ALLER CHEZ UNE JEUNE FILLE À CETTE HEURE-CI...
GLOUPS...
Quelle innocence rare !!
Il faut absolument que je le ramène chez moi !!
GRIP
PAS LA PEINE D'ÊTRE EMBARRASSÉ, ÇA NE POSE AUCUN PROBLÈME !!
EUH...
OK...
OK ? ♥

UNE PETITE MINUTE !!
?!
TSS...
ZUT, LE VOILÀ...
JÔJI !
HUUU
CE QUE VOUS ME FAITES PAS FAIRE...
HUUU
YAMATO !
BOBOM

ON RENTRE
À LA MAISON.
....!
GRIP
AH !
ATTENDS !

À PLUS, MANAKA.
A...
ATT...
JÔJI !
ZUT
Non...
J'AI PAS ENVIE !
LÂCHE-MOI !
Pas...
JE TE DIS DE ME LÂCHER !
Déjà...
ME TOUCHE PAS...
S'il continue,
je vais encore...

me laisser entraîner...
....!
TU ME DÉGOÛTES !!
JE SAIS, JE SUIS QUELQU'UN DE DÉGOÛTANT.
C'EST PAS NOUVEAU.

J'AI
TOUJOURS ÉTÉ COMME ÇA.

sixième bouchée
Nikushoku danshi to Soshoku danshi
HAA
HAA

TCHAC
HAA
HAA
は HAA あ
CRIIIIIC

......
TU RENTRES PAS ?
BOBOM
AH...

COMME TU VEUX.
N'OUBLIE PAS DE TE LAVER LES DENTS AVANT D'ALLER TE COUCHER.
OÙ TU VAS ?
JE VAIS ALLER TUER LE TEMPS DANS UN CAFÉ OUVERT DE NUIT, OU ALORS JE VAIS M'INCRUSTER CHEZ UN POTE...

JE REVIENDRAI CHERCHER MES AFFAIRES PLUS TARD.
À PLUS.
!?
AH,
AU FAIT...
TU DEVRAIS ARRÊTER DE T'ENDORMIR EN REGARDANT DES FILMS.
QUOI ?!
MAIS POURQUOI...

LA PROCHAINE FOIS, JE NE SERAI PLUS LÀ POUR TE DIRE D'ALLER TE COUCHER.
AH...
ATT...

ATTENDS...
PLAF
SI TU ME RETIENS...

ぴくん
BOBOM
SLURP
TU SAIS CE QUI VA SE PASSER.
.....!
MAIS...
C'EST PAS JUSTE...

TU PEUX PARLER.
C'est vrai...
Je le sais bien.
UUH...
....!
HH...

HUUU...
HH...
OUIIIN
SNIF
BOUUH...
MA-MAAAN...
J'SAIS PAS QUOI FAIRE...
PLOP
.....
PLOP
Qu'est-ce qui se passe, Yamato ?
SNIF...
Où est Jôji ?
....!
OUIN...
IL EST PARTI...
SNIF...

Allons bon…
QU'EST-CE QUI S'EST PASSÉ…?
Quoi ?!
SNIF
SNIF
Bip !
Oui oui, je t'écoute, mais mouche-toi le nez d'abord.
……
TU M'ÉCOUTES ?
Bip !
Je t'aime depuis toujours.
POOON
Alors ?
Vous vous êtes disputés ?
PAS VRAIMENT DISPUTÉS…
IL M'A FAIT UNE DÉCLARATION…
SNIF

[*Phrase tirée du Namahage, rituel japonais où des jeunes gens déguisés en démons menacent d'emporter les enfants qui ne sont pas sages.]

Tu ne trouves pas que ça ressemble à un masque de Namahage* ?
Regarde !
[*Voir note page précédente]
Je l'ai reçu en cadeau d'un ami qui était parti en Hongrie !
Mais ! Yamato, tu pleures ?!
SNIF
PAPA...
C'est maintenant que tu le remarques ?!
Pourquoi ?!
Qu'est-ce qui s'est passé ?
Quelqu'un t'a fait du mal ?
Où est Jôji ?
ぶわっ
PLOP
UH...
OUIINN !!
Yamato ?!
Qu'est-ce qu'on fait, Sakura-chan ?!
!?
JE ME RAPPELLE PAS TRÈS BIEN, MAIS L'AUTRE JOUR, J'ÉTAIS À MOITIÉ ENDORMI, ET JE CROIS QU'ON A FAIT DES TRUCS COCHONS AVEC JÔJI !
ET QUAND JE ME SUIS RÉVEILLÉ LE LENDEMAIN, IL A DIT QU'IL M'AIMAIT !

SNIF...
JE SAIS PAS DU TOUT QUOI FAIRE... QUAND J'ESSAIE DE L'ÉVITER,
IL ME DIT QU'IL VA QUITTER L'APPARTEMENT...
ET QUAND J'ESSAIE DE LE RETENIR,
IL ME POUSSE CONTRE LE MUR ET IL M'EMBRASSE...
ぶわっ
BOUUUH
MAIS SI ON N'EST PLUS FRÈRES...
TOUT CE QUI RESTE ENTRE NOUS, C'EST DU DÉSIR SEXUEL...
FUIP...
Hein ?!
Attends !! Quand est-ce que vous avez arrêté d'être frères ?!
On n'a pas prévu de divorcer, nous !!
DÉSIR SEXUEL ...??
PLIC
PLIC
JE...

JE SAVAIS QU'ON NE POURRAIT PAS RESTER TOUT LE TEMPS ENSEMBLE...
QU'UN JOUR...
IL FAUDRAIT QU'ON SE SÉPARE...
SNIF
JE ME SUIS DIT QUE POUR RÉUSSIR À VIVRE TOUT SEUL,
IL FALLAIT QUE J'ESSAIE DE DEVENIR INDÉPENDANT...
MAIS JÔJI EST TOUJOURS SI GENTIL AVEC MOI...
JE SAVAIS QUE C'ÉTAIT BIZARRE, COMME SITUATION, MAIS JE VOULAIS RESTER AVEC LUI...
SNIF
JE SAIS PAS QUOI FAIRE...

À Londres
LES CAPACITÉS DE MANIPULATION DE MON FILS ME LAISSENT SANS VOIX…
LE MIEN EST UN PEU BÊTE…
MAIS IL EST TROP MIGNON !
Oui…
Quand il pleure, il te ressemble énormément, Sakura-chan !
C'est vrai ?!
LOVE
LOVE
.....
EH !!
C'EST PAS LE MOMENT DE VOUS FAIRE DES PAPOUILLES !!
!?
Jôji !!
Tu as fait vite !
Et tu n'as pas mis longtemps non plus à te jeter sur Yamato…
ARRÊTE D'ESSAYER DE FAIRE DIVERSION, ÇA MARCHERA PAS !
OH !
C'EST UN MASQUE TRADITIONNEL HONGROIS ?!
Oui, ça signifie l'arrivée du printemps !

AH !
C'EST PAS LE MOMENT DE PARLER DE ÇA !
......
BREF, EXCUSEZ-MOI, MAIS IL EST TEMPS POUR MOI DE DÉVORER VOTRE FISTON UNE FOIS POUR TOUTES.
Quoi ?!
BAM !
Attends, Jô...
PFIOU...
YAMATO !!
LA CLÉ !!
T'AS ENCORE OUBLIÉ DE FERMER LA PORTE À CLÉ !!
BOBOM
T'ES COMPLÈTEMENT INCONSCIENT !!
.....
POUR-QUOI...

J'AI REÇU UN MESSAGE DE TA MÈRE, VOILÀ POURQUOI !
Softbonk
Réception
Expéditeur : Sakura-chan
Destinataire : Jôji
Re : Hé ho !
19-06-2016
Yamato est en train de pleurer !!
DIRE QUE J'ÉTAIS SUR LE POINT DE LAISSER TOMBER...
GRR...
JE PENSAIS PAS QUE T'IRAIS PLEURER DEVANT ELLE !
SI TU VEUX PLEURER DEVANT QUELQU'UN, JE SUIS LÀ, MOI !
NON...
TOI, TU VEUX JUSTE ME DÉVORER...
TU AS FAIT SEMBLANT DE ME DONNER UN CHOIX, MAIS EN FAIT, IL N'Y AVAIT PAS VRAIMENT D'ALTERNATIVE...
C'EST INJUSTE...
C'EST PAS DE MA FAUTE SI T'ES DEVENU DÉPENDANT DE MOI AU POINT DE REFUSER DE CONNAÎTRE D'AUTRES GENS !

TU CROIS PAS QU'IL SERAIT TEMPS QUE TU RENDES LES ARMES ?!
NON ! JE VAIS FAIRE EN SORTE QUE CE SOIT TOI QUI LAISSES TOMBER !
TU SAIS BIEN QUE TU EN ES INCAPABLE.
....!
PLIC...
.....
SNIF...

TU SAIS, QUAND LES GENS PLEURENT...
D'HABITUDE, TU AS DE LA PEINE POUR EUX, PAS VRAI ?
...?
MOI, QUAND JE TE VOIS PLEURER, ÇA M'EXCITE.
DEPUIS TOUJOURS.
SLURP...
!?
SLURP

J'AI REMARQUÉ ÇA AU COLLÈGE...
SLURP...
DIS-TOI SIMPLEMENT QUE C'EST LE DESTIN, ET ADMETS TA DÉFAITE !
OK ?
Mouaah...
Gyah !!
SMOUCH
NNNH !!
ARRÊTE DE TOUJOURS PARLER DE RENDRE LES ARMES OU DE DÉFAITE !
ÇA COMMENCE À BIEN FAIRE !
FICHE-MOI LA PAIX !

ENFIN, JE SAIS PAS...
ON ÉTAIT QUAND MÊME FRÈRES...
ET ON EST DEUX MECS !
C'EST NORMAL DE RESSENTIR DE L'INQUIÉTUDE OU DE L'HÉSITATION !
ENCORE ? T'AS PAS EU LE TEMPS DE T'HABITUER ?
DEPUIS HIER SEULEMENT ?? PAS TROP, NON !!
AH BON...
FLOUP
FLOUP
EH !!
TU COMPRENDS CE QUE JE VIENS DE DIRE ?! ARRÊTE DE ME TRIPOTER !!
Huu... Huu...

YAMATO-CHAN...
IL SERAIT TEMPS QUE TU COMMENCES À PRÊTER ATTENTION À CE QUE DÉSIRE RÉELLEMENT TON CORPS...
TSS...
T'ES VRAIMENT UN PERVERS, JÔJI !
MAIS...
JE SUIS CONTENT...
QUE TU SOIS RENTRÉ...
JE CROIS.
TOUT ÉMU
FRISSON
EUH...
QUOI-QUE...

MAIS FINALEMENT...
J'AIME BIEN QUAND TU ME TOUCHES...
JE CROIS.
YAMATO...!!
Tes sérieux ?!
POUR ÊTRE HONNÊTE...
JE SUIS PAS ENCORE CAPABLE DE DIRE SI JE SUIS AMOUREUX DE TOI OU PAS...
.....
Pardon.
ALORS...
SI ÇA NE TE DÉRANGE PAS D'ATTENDRE ENCORE UN PETIT PEU,
JE...

J'ai toujours autant de mal avec les autres gens...

Et on me regarde toujours comme un animal bizarre quand j'enlève mes lunettes...

Mais petit à petit, les choses changent.

C'est quoi cette histoire de vouloir arrêter d'être frères ?!
(Ils se sont fait engueuler.)
En-core ?
Pardon …
Vous êtes encore à notre charge, alors ne décidez pas de ça tout seuls !
Mais…
pour le reste, faites comme bon vous semble.
Que ça vous fasse rire ou pleurer, ce sera votre responsabilité.
Ne venez plus me voir en sanglotant la prochaine fois !
BELLE-MAMAN,
JE TE PROMETS DE RENDRE TON FILS HEUREUX !
SÉRIEUX
EH !
Toi aussi, tu es mon fils !
Que vous soyez ensemble ou pas…

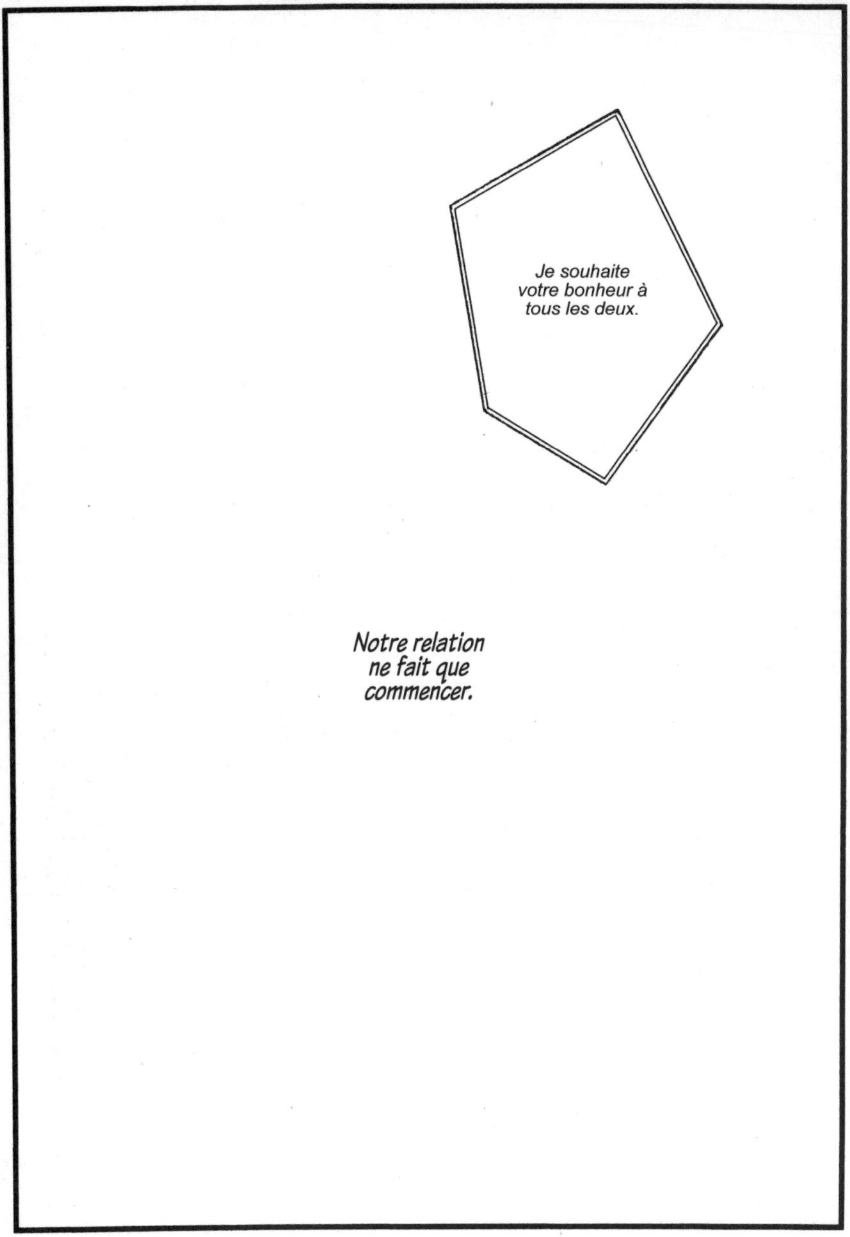
Je souhaite votre bonheur à tous les deux.
Notre relation ne fait que commencer.

× FIN ×

Oreiller
×
Huggable Pillow
C'est un cadeau de la part de la maman de Ferguson !
Vous avez l'âge de dormir séparément, maintenant.
Bonne nuit !
CLAC !
......
FLOUP
Yamato ...
zzz... すや
zzz... すや
Hum...
C'est bizarre...

Au début, j'avais peur qu'ils s'entendent mal...
Mais là, ils s'entendent un peu trop bien...
14 ans plus tard.
J'ATTENDRAI PAS DEUX ANS !!
GYAAAH !!
BADAM
BADAM
HAA...
HAA...
HAA...
AH...
POURQUOI TU FAIS ÇA ?
UN VIEUX SAGE A DIT QUE C'ÉTAIT DANGEREUX DE MÉLANGER AMOUR ET SEXE !
QUI ÇA ?

TOUT CE QUE JE VEUX, C'EST JUSTE ATTENDRE UN PEU AFIN DE DEVENIR MOINS DÉPENDANT DE TOI…
POURQUOI TU NE COMPRENDS PAS ?
HH…
NNNH…
TU TE POSES TROP DE QUESTIONS… LAISSE PARLER TON CORPS ! TU VAS VOIR, JE NE VAIS PAS TE DÉCEVOIR.
UUH
TU FAISAIS SEMBLANT D'ÊTRE MON FRÈRE…
MAIS EN RÉALITÉ, T'ES UN VRAI PERVERS !
SNIF…
Je me suis fait avoir !
SNIF…
TOUS LES MECS QUI SONT GENTILS ONT DES ARRIÈRE-PENSÉES !
MAIS…
POUR ÊTRE HONNÊTE…
SI JE TE LAISSE TOUT SEUL,
J'AI PEUR QUE TU TE FASSES KIDNAPPER PAR LA PREMIÈRE FILLE VENUE.
SI JE N'AI PAS LA CERTITUDE DE POSSÉDER TON CŒUR ET TON CORPS, JE VAIS ME FAIRE DU MAUVAIS SANG…
….
ET MOI, ALORS ?
HEIN ?

TOI...
TU AS EU PLEIN DE COPINES...
D'AIL-LEURS,
J'AI TOUJOURS CRU QUE TU PRÉFÉRAIS LES FILLES.
C'EST UNE LONGUE HISTOIRE...
OUI, JE SUIS CAPABLE DE COUCHER AVEC DES FILLES.
MAIS...
QUAND JE ME MASTURBE LE SOIR, C'EST TOUJOURS EN PENSANT À TOI.
BEURK...
FAIS PAS CETTE TÊTE DÉGOÛTÉE !!
C'EST VEXANT !
......
JE VOIS...

HUG
JE NE SUIS PAS ENCORE PRÊT À COUCHER AVEC TOI...
PLAF
MAIS SI TU VEUX QUE JE TE SERRE DANS MES BRAS...
JE PEUX.
?!
AM 1:00
Fuah...
SUR CE, BONNE NUIT...
ÇA M'A ÉPUISÉ DE PLEURER AUTANT.
Mmh
Mmh
PARDON ?!
ZZZ...
EH !!
TU TE RENDS COMPTE DE CE QUE TU ME FAIS, LÀ ??

MERDE...
IL EST TROP MIGNON...
JE SUIS PAS UN OURS EN PELUCHE, MOI...
IL VA VOIR QUAND IL SE RÉVEILLERA ! JE LE TRIPOTERAI DE PARTOUT !

× *FIN* ×

Pour les ours en peluche,
ils sont tous les deux à Londres !

Leur maman les a pris avec elle.
Merci beaucoup d'avoir lu ce
manga jusqu'à la fin !

Akeno Kitahata

Egalement disponible
dans la collection Hana...

CANIS
Dear Mr. Rain
ZAKK

SHOOWA
PAPA'S ASSASSIN
Hana COLLECTION

Hana Yaoi

Blue Morning
YUUUTSU NA ASA

SHOKO HIDAKA

Une belle demeure, des domestiques, les lourdes responsabilités qui incombent à un jeune héritier du domaine familial et son froid et cruel précepteur... L'ambiance de Yuutsuna asa vous transportera dans un autre temps ! Devenez les témoins de l'histoire intemporelle du «Je t'aime moi non plus» !

Résumé :

Depuis la mort de son père, Akihito Kuze a dû endosser le rôle de Vicomte et reprendre les rênes de la famille. Et celui qui prend en main l'éducation de ce dernier n'est autre que le beau et intelligent intendant familial, Satoshi Katsuragi. Mais Katsuragi, qui est pourtant remarqué pour ses qualités en société agit de manière très froide avec Akihito. «Est-ce qu'il me déteste ?!» Akihito qui est attiré par Katsuragi veut connaître la raison de ce rejet ! Plongez dans cette épopée romanesque racontant l'amour d'un jeune vicomte et de son intendant !!

*Un manga de **Shoko Hidaka***
Genre : Historique - Yaoi - Drame
200 pages . 7,95 €
vol.1,2,3,4 et 5 disponibles - Série en 7 volumes

SHOKO HIDAKA
Blue Morning
YUUUTSU NA ASA
5

Le carnivore & le végétarien

www.boys-loves.fr

Adaptation graphique : 3rd Studio
Traduit du japonais par : Laurie Asin
Responsable Editorial & Production : Anthony Graci
remerciements particuliers à Aurélie Valognes

Dépot légal : Aout 2016
ISBN 978-2-36877-502-8

Imprimé par GZ Digital Media as